てのひらの愛 II

文／やまねよしみ・四方康行
絵／四方 芳美　　Shikata Yasuyuki

風詠社

（挿絵　四方 芳美）

料金受取人払郵便

大阪北局
承　認

2424

差出有効期間
2021 年 12 月
1 日まで
（切手不要）

郵便はがき

553-8790

018

大阪市福島区海老江5-2-2-710

㈱風詠社

愛読者カード係 行

ふりがな お名前				明治　大正 昭和　平成　年生　歳	
ふりがな ご住所	□□□-□□□□			性別 男・女	
お電話 番　号		ご職業			
E-mail					
書　名					
お買上 書　店	都道 府県　　市区 郡	書店名	書店		
		ご購入日	年　月　日		

本書をお買い求めになった動機は？

1. 書店店頭で見て　　2. インターネット書店で見て

3. 知人にすすめられて　　4. ホームページを見て

5. 広告、記事（新聞、雑誌、ポスター等）を見て（新聞、雑誌名　　　　）

風詠社の本をお買い求めいただき誠にありがとうございます。
この愛読者カードは小社出版の企画等に役立たせていただきます。

本書についてのご意見、ご感想をお聞かせください。 ①内容について
②カバー、タイトル、帯について
弊社、及び弊社刊行物に対するご意見、ご感想をお聞かせください。
最近読んでおもしろかった本やこれから読んでみたい本をお教えください。

ご購読雑誌（複数可）	ご購読新聞 新聞

ご協力ありがとうございました。

※お客様の個人情報は、小社からの連絡のみに使用します。社外に提供することは一切ありません。

まえがき

前回の出版『掌小説・随想集 てのひらの愛』（二〇一九年　風詠社）で味を占め、てのひらシリーズもいいなぁと欲が出た。

人生の回想が始まると、悲しかったり嬉しかったり有り難かったり……。ともすると、何だか終活のよう、と一人苦笑い。

書くことは自分自身の浄化になる……としばしば思っていたが、この出版はまぎれもなく一つのけじめになった気がする。

実際、小説執筆における師である元株式会社文藝春秋の編集長、高橋一清氏の下での学

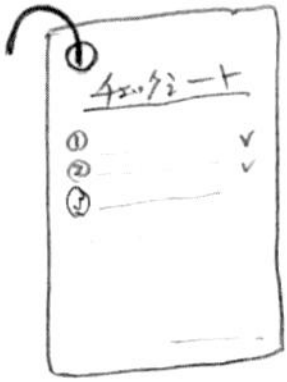

びは、丸三年が経とうとしている。師はよく「これを書いて楽しいですか。嬉しいですか」と言われた。この言葉は、私の心の根っこを掴んだ。

　虚実皮膜論になるが、前作『てのひらの愛』の掲載分に母を題材にしたものがある。提出作品は、原稿用紙三枚。書けば書くだけ過去の記憶が蘇り、怒りが燃える。あっという間に、五枚も六枚も書き綴った。

　行数を揃える作業に入ると、「これを書いて楽しいですか。嬉しいですか」の師の言葉が頭の中を巡る。吟味しながら一行一行削る。そぎ落としてそぎ落として……表現を変えて。その行為の中で一枚また一枚と怨念がはがれる。不思議なもので、仕上げの段落になる頃には思慕の情が生まれていた。

本作は、高橋氏主宰の「小説塾」に提出したもので、師のご感想は「この母は、筆者を鍛えていますね。教育心理学で言えばアーキタイプ。筆者が母親を恨んでいないのに救われた。筆者にとって、三歳までの祖父母との関わりが大きかったのでしょう。三つ子の魂……が大事ということですね」。

アーキタイプとは、カール・グスタフ・ユングが提唱した分析心理学における概念で、夜見る夢のイメージや象徴を生み出す源となる存在らしい。

確かに、母を許すには努力が要った。「短大に行かせてもらった」その一点を絶えず思

い起こし、感謝の念を呼び覚ました。まさしく母は私の精神を鍛えたのかも知れない。

ただ、後年うつ病を患い真綿のようにまとわりついて厄介だった母の死は、安堵するどころか、逃げていた自分への後悔を促した。自らへの腹立ちに発狂しそうになる。「死んでまで苦しめる」。亡母への怒りは、生前よりも増した。

そんな中での師との出逢いだった。氏の教えの一つ一つを噛みしめた。結果、この三年間は作品を通して自分を見つめ直すことになった。気付かなかった言葉づかいや思考の癖を発見することもできた。

癖を意識すれば作品の展開が変わる。不幸な結末に終わりそうな物語が、明るい余韻へと向かう。心の中も然りかと思える。絶叫したいほどの母への怒りは、今はもうない。

私にとって、講座での学びは大きかった。これからは新しい一歩の始まり……。そんな私の身の上話に、しばしお付き合いいただければ幸甚である。

最後に、一作ずつに極めて細やかなご感想を賜った高橋一清氏および本作に忌憚なきご意見を下さった小説塾の諸先輩に感謝する。

やまねよしみ

本書は「てのひらシリーズ」の二作目となるものである。各編は四〇〇字詰原稿用紙にして約三枚分。決まった字数というのは、無駄を省いたり、足りないところを補ったりしながら、自分なりにちょうど良いと思うところでやめられる。つたないながらも、どこまで満足のいく内容になったのかは、読者の感想を待ちたい。

最初は、本書のタイトルを『てのひらの知恵』にしようとした。最終的に、タイトルは『てのひらの愛』になり、二作目ということでⅡを付け加えた。ただ、前作は掌小説・随想集であったが、今回は掌編集にした。やまねよしみの九編と四方康行の三編を合わせた十二編で、本当にてのひらに載る軽くて薄くて小さな本である。

掌編とは何かについては、前作のあとがきに書いたが、再度述べると、「掌編とはごく短い文芸作品」のことで、掌編小説は、簡単に言えばショートショートよりも短い小説のことである。

これまでに筆者らが経験してきた出来事の中で、印象に残った言葉や行動からヒントを得て、反面教師になることも含めて、何らかの教訓になればとの思いがあった。

とは言うもの、自分の考えや思いを、これまでの体験を通して面白おかしく述べた「コント」として読んでいただければ、嬉しい限りである。

コントと言えば、お笑いのコントを思い浮かべるが、実はフランス語のCONTEがルーツであり、小学館の『デジタル大辞泉』(https://daijisen.jp/)によると、「1、短編小説。特に機知に富み、ひねりを利かせた作品。2 笑いを誘う寸劇。」とある。筆者は、「特に機知に富み、ひねりを利かせた作品」を目指したい。

ただ、お笑いは落語、漫才、コントにせよ、落ちがあって笑える。本書も、最後の落ちで、なるほどと感心してもらえると幸いである。

四方　康行

目次

掌編集　てのひらの愛Ⅱ

やまねよしみ

為せば成る
一人役は一人役
泥棒と学問
挨拶とゴミ拾い
自分は自分、他人は他人
鶏口牛後
本木に勝る末木なし
二兎を追う者は一兎をも得ず
一度逃げれば一生

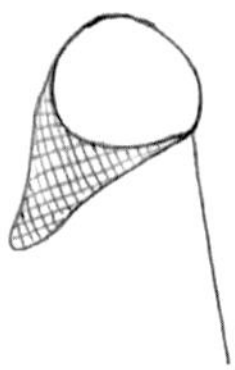

為せば成る

「為せば成る」と言えば、「為さねば成らぬ何事も　成らぬは人の為さぬなりけり」と続く江戸時代の米沢藩主・上杉鷹山の有名な言葉。

　大人になれば大方の人が知っている名言だと分かるが、幼い私には教えてくれた祖母が随分と物知りに見えた。

　言葉の意味は「頑張ればできる」というもの。私は、純粋にそれを鵜呑みにした。島根県出身の祖母は、方言だろうか「ほんこ（良い子）の坊（ぼうや）」と絶えず私の頭を撫

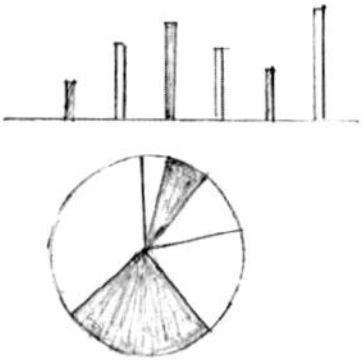

で、何をしても褒めてくれ、私は自信満々に育った。
自信が後押ししたのか、小学校四年で物価調査に興味を持った。自宅の側にある二軒の商店の売価を確認し、近所の主婦に指南した。「これ、あっちのほうが安いよ」と。要らぬお世話を通り越し、紛れもなく営業妨害。その夜、店主が「訴えてやる」と怒鳴り込んで来た。祖父は平身低頭謝った。
中学になると、目を掛けてくれる担任があまりに優しいのを勘違い。自分のほうが偉いと思い、采配を振るった。その誤りに気付くまで二十年の歳月を要した。
級友から生徒会長への立候補を勧められた高校二年、意気揚々と即日クラスの数人を集

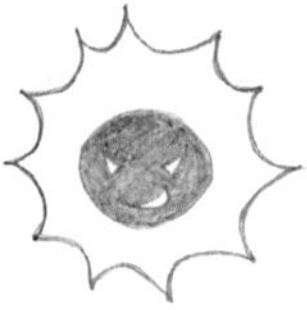

め演説の練習に取り掛かった。進学への影響を心配してだと思うが、慌てて駆けつけた担任に「よもや、お立ちにはなりませんでしょうね」と釘を刺され、不承不承取りやめた。

　放送局二社のアナウンサー試験に落ち、義父から「ウチのがん」と厄介者にされた時のこと。しかたなく新聞の求職欄から探した自動車販売会社「中堅管理職募集」に飛びついて受験した。当然、試験官は「他社で管理職を経験した男性を求めたのですが」と困り顔。それでも食い下がった。

「広告には、それは明記されていません。私にも権利があります」

　暫く相談し合っていた試験官から、朗報が告げられる。

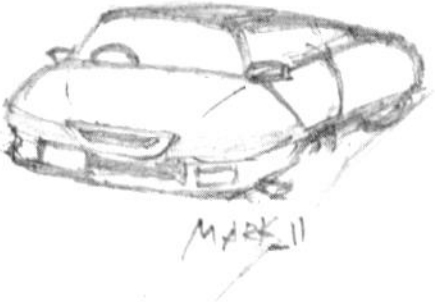

「今年からマイカーレディという展示会で新車の案内をする女性職の採用を始めたのですが、それではいけませんか」

無事就職できた。

振り返れば、「身の程知らず」がぴったりの赤面もの。とはいえ、全く身の程を考えないゆえの無謀さにも程度があろうが、挑戦したいにも拘わらず二の足を踏んで後悔するよりはいい、と考える。

子供の成長を期待するならば、必ず成功する課題を与え、乗り越えたら十分に褒め、併せて少しだけ高い次の目標を示すのが良いというのが通説。祖母は、ただ褒め、「為せば……」と励ました。「どんな人になるのか見てみたい」と期待し続けて旅立った。

そんな祖母が褒めそやして育てた私も、社会に出れば様々な限界を経験。いくら頑張っても評価が低かったり……。崖っぷちで助けてくれるのは、やはりこの格言だ。これは無鉄砲なほど勇気をくれる。

古稀を過ぎ、祖母が期待したほどの人物にはもうなれそうもないが、最後のひと踏ん張り。忙しさにかまけて据え置いていた目標に向かって頑張ってみるか。

一人役は一人役

この言葉は格言か、それとも祖母が考えた言葉か。調べても格言としては出てこない。が、私にとっては大切な一言。この言葉と一緒に祖母が伝えてくれたのが「人を使えば苦を使う」という格言で、これらはセットになっていた。

つまり、人を雇うのは大変な苦労を伴うが、だからといって一人きりで仕事をするのは一人分の収入にしかならない。人を雇用して頑張れば収益も上がり有益だ、というもの。

それにしても、祖母がどこでこの言葉を実

感したのかと、そちらのほうが興味深い。成育環境が商家だったようには聞いていない。夫である祖父は日立製作所（山口県下松市周防花岡）のサラリーマンだった。祖母の経歴も、尋常高等小学校を出ると海軍の「偉い人」の家に行儀見習いに入り、その縁で海軍兵学校を卒業した祖父と結婚したというから、商売とは無縁のはず……。

　興味の行き詰まりはさておいて、いずれにしても精一杯の知識で育ててくれた祖母の言葉を、やがて実感することになる。

　司会を生業にしていた私は、断り切れずに二人の司会者を引き受けた。履行分だけ支払う出来高制のシステムだったとはいえ、苦労はあった。

組織としてのスタートは総勢三人。そんな小さなグループでも、まとめるのは難しい。披露宴やステージなどの現場を抱える自分としては、相互の連絡を連絡網方式に頼った。すると、「クラブ活動じゃないんだから」と文句が出た。全く。事務所を置いて事務員を採用しなければ、と強迫観念が押し寄せる。「月に二本くらいなら渡せる」という気楽な雇用だったとはいえ、いったん受け入れてしまうと義務になる。所属に見合う仕事量を用意しなければ。自分自身で履行することが可能な仕事を廻すこともあった。自らの減収。
それでも、「他所はもっと仕事が多い」と辞めていく人が出る。厳しいプロの世界でのこと、未完成の実力では取引先から断られる

ことがある。本人は知らなくとも精一杯フォローしてきたつもり、とほぞを噛む。

はた目にも心配だったのか、取引先の新聞社の支社長から「先行投資ばかりで養成所に終わったら駄目よ。契約書を作りなさい」とアドバイスをされたこともある。一匹狼に戻りたいと何度も考えた。

そんな時、祖母の「一人役……」の言葉は弱音を吹き飛ばす。折々に残った司会者も「一緒に頑張りましょう」と言って後押ししてくれた。

結果、五十歳を過ぎてから勉強に目覚め、仕事量を減らした私の生活費を、五十人前後の所属スタッフが助けてくれることに。心置きなく勉強ができたのは、複数人役が下支え

してくれたお蔭だと祖母の教えを思い出す。

今、スタッフへの感謝とともに組織を続けて良かったと実感する。一人よりは仲間がいるほうがいい。仕事の失敗も、皆となら乗り越えられる。皆といれば、良いことも悪いこともいっぱい。

泥棒と学問

　祖父母から「勉強しろ」と言われたことは一度もないが、絶えず聞いた気がするのは「お金や宝石は泥棒に取られるが、頭に入れた学問は誰にも取られない」という言葉。

　祖母は明治三十三年生まれ。子供の頃に両親と死別し、親戚に育てられた。そんな祖母の自慢は「尋常高等小学校を卒業した。新聞の漢字は、書けない字があっても全部読める。暗算は、お店の人より早い」ことだった。

　子供の私は、時代の違いを感じる以外、それが意味することなどわからなかった。が、

今になって、義務教育ではない一つ上の学校まで学んだという自負と親戚への感謝が入り混じっていたように思えてくる。
記憶に残る祖母は、毎朝大きな拡大鏡を手に新聞を読んでいた。当時の新聞の文字は豆粒ほど小さい。白内障を患っていた祖母が読むのは困難だったろうに。
祖父が定年退職した後の我が家は、貧乏だった。祖父は台所で片手鍋に残り飯を入れ、保存食の干し飯を作りながら「誰もいなくなったら、どうやって生きていくか」と私に尋ねた。心配だったのだろう。小学校三年の私に辞書の引き方を教え、六年生になると英語塾に入れてくれた。
祖父は、まだ私が寝ている早朝に出かけ、

一番列車に乗って徳山から広島まで生菓子の仕入れに行っていた。私を育てるのに使った乳母車を改造して作った手押し車の観音開きの木箱いっぱいに、豆菓子や和菓子、シュークリーム、おつまみの裂きイカを詰め込んで街中の小売店に卸して廻った。

身を粉にして働いてまで勉強をさせてくれた祖父と勉強の大切さを教えてくれた祖母の思いをよそに、私は勉強が嫌いだった。ところが祖母の教訓を活かすことなく過ごした私が、学問に目覚める日が来た。中国広東省の大学に講師で招かれたのがきっかけだった。

紹介者は「文章について賞を取りましたか礼儀作法は何か資格がありますか」と聞いてきた。ない。何もなかった。十五年余り雑誌

や新聞の記事を書いた。マナー講座もたくさんこなした。けれど、そんなことは通用しない。「資格なんかいらない。資格さえあれば仕事が来るというわけじゃない」という私の価値観が崩れた。

それでも、中国へは行くことができた。ほっとしながら出向いた大学は、昔の日本の帝国大学に匹敵する高度なレベル。講義内容は、モデル学部での表現方法、新聞学部での取材編集と日本の礼儀作法だ。

大学本部や教授陣からの待遇は格別で、学生たちも日本人が珍しいのか大歓待だった。短大卒の私のことを誰も馬鹿にしないが、勝手に肩身が狭いと恥じた。せめて大学院の修士課程に行こうと決意して、帰国する。

通信制の放送大学三年次編入を経て、新下関市の東亜大学大学院に進学。苦しい二年間を終え、修了式を迎えた。「修士の学位を授与する」と言われ、晴れ晴れとした気持ちで証書を受け取る私に、副学長は「たぶん」と付け加えて笑った。

大人になってからの学びは、想像以上に面白い。

挨拶とゴミ拾い

祖母から口を酸っぱくして言われたのは、挨拶。「人に出会ったら挨拶をして。時の挨拶ができないようでは駄目よ。一言付け加えるのも忘れないように。どんな人にも同じように丁寧にね」と。

ものおじさえしなければ、時の挨拶は簡単だ。でも、その後の一言が難題。語彙の少ない小学生には相当難しい。おまけに小学生の世間は狭い。よほどのことがない限り、毎日たいてい同じ人に出会う。コメントが品切れてしまうのだ。

挨拶とゴミ拾い

晴天ならば「おはようございます。今日はいいお天気ですね」「お洗濯物がよく乾きそうですね」「お出かけ日和ですね」。雨天ならば「今日は足元が悪くて大変ですね」「少し鬱陶しいですね」。曇天は、何と言っていただろう。

そんな試練の挨拶も、社会に出れば役に立つ。ある披露宴会場の駐車場でのことだ。竹箒を持ってかいがいしく掃除をする初老の男性に出会う。自社の司会者は皆一様に丁寧に挨拶をする。「おはようございます。お疲れ様です」。

後で副社長だと知った。他社の司会者の中にはぞんざいな口の利き方をして出入り禁止になった人もいたというから、挨拶のお蔭で

首がつながった。祖母の教えが功を奏したのだろうかと喜んだ。

もう一つ、祖母が口を酸っぱくして教えてくれたことがある。

「ゴミが落ちていたら拾いなさい。人が見ていても見ていなくても。神様は見ておられるからね」

そこで私は、登下校の折に道端のゴミを拾って歩いた。校門を入ってからも拾う。すると、それを見ていた先生が卒業時に表彰する「孝女阿米（およね）賞」へ推薦したらしい。知らない間に審査されることになった。

「孝女阿米」とは、出身地徳山（現 山口県周南市）の江戸時代の実在の人物で、六歳で母親が病死し、父親は貧しくて里子に出されるが、十二歳になった時に父の看病のために呼び戻されたという生い立ちの女性。

過酷な看病の日々は三十年にも及び、昼は近所で米つきの仕事をし、夜は糸を紡ぎながら看病する。米つきの時などは、軽すぎる体重を補うために重たい石を腰に括りつけて作業した。それでも、愚痴一つ言わなかったという孝行者だ。

当時、市内に数校ある小学校の中でも該当する児童はそうそういなかったはず。祖父母と暮らす私は、ぴったりの境遇と思われたか。そのうえ、いつも熱心にゴミを拾う善行者だから、家庭でもきっと親孝行をしているに違いない、そう思ったか。

期待を見事に裏切った。家庭では一切手伝

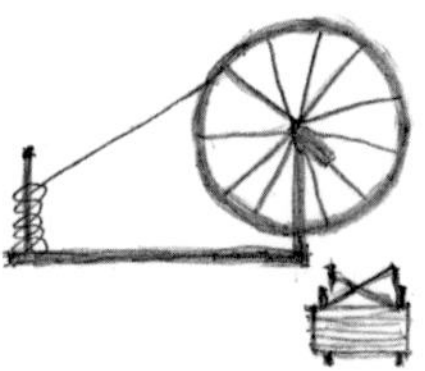

いをしないどころか、年老いた祖母が近所の店まで私の菓子を買いに走るという親不孝ぶり。「阿米賞」推薦は、当然のことながら脚下に。神様は見ておられたのだ。

神様に加え、今は祖父母をはじめ私を見つめる仏様も数が増えた。「お墓に布団を掛けても遅い。親孝行は生きているうち」と伯母はよく言った。まさしく。孝女阿米にはなり損ねたままだが、せめて挨拶だけは励行したいもの。

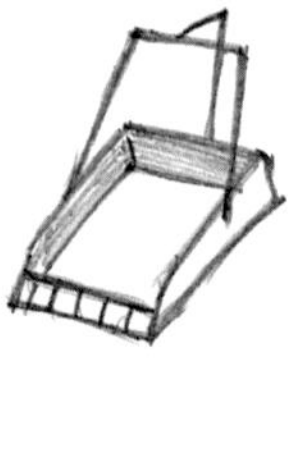

祖父 山根眞《マ》彦《ヒコ》　祖母 ナカ

自分は自分、他人は他人

「あんたぁ、子供の頃、嘘つきじゃったよね」

突然の母の言葉。五十歳半ばにして、こともあろうに実母から人格を否定するような、こんな衝撃的な言葉を聞こうとは。

聖人君子とまでは言わないが、まさか自分が嘘つき呼ばわりに。七十歳半ばの母は認知症が入ったのか。探りを入れながら、なるべく平静を装って聞き返す。「どういうこと」。

母は、私の小学校時代のエピソードを語る。

「あんたぁねぇ、近所の子供に『お父さんはお金持ちで、今に迎えに来てくれる』言うてたんよ」。そういえば、そんなことを喋った記憶がある。

その頃、まだ見たこともない実父は、私の中では英雄になっていた。母から聞いたわずかな情報が、頭の中で入道雲のように膨らんでいたのかも知れない。

母の話す父は、何代も続いた医者の家系に生まれ、頭が良くて医者になることを期待されながらも、音大を出て歌手になった。男前で、理容院のカットモデルもした。当時の歌手の人気ランキングではトップだった、というものだ。

思い起こせば、小学校時代の私の頭の中が見えてきた。頭の中の父は白馬に乗っている。迎えに来るというのは、確かに私の嘘だ。母

からも誰からも、そう言われたわけではない。しがない私の夢、妄想だ。
　母は、幼い頃から「孤児院でも何でもやってくれ言うたのに、お祖父ちゃんとお祖母ちゃんが育てちゃったんじゃけぇね」と心無いことを平気で言う人だった。
　アルバムの中の写真にも、真っ二つに割かれた片割れだけの私の写真がある。生後八か月の私は上半身裸におしめ姿、母の姿は前掛けの端っこだけというおかしなもの。幼いながらも、この写真の意味を考えたことがある。
　学業が優秀だった母。「本校始まって以来の秀才」と言われた周防花岡（山口県）の小学校から室積の師範学校（現 山口大学）の附属女学校に進んだが、教師よりも芸能界に

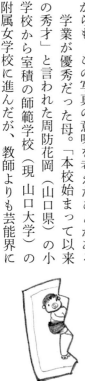

興味を持って映画会社の試験を受け、審査員だった父と知り合った。

　私よりも成績が良さそうな母を、私は捨て去ることができなかった。というか認めていたのかも知れない。年に一度も会わない母から世界文学全集『小公女』を贈られ「お父さんの家柄は良いのだから、小公女のように育ちなさい」と言われると、そう思い込んだ。

　そんな母から教えてもらった言葉がある。

「自分は自分、他人は他人。他人と自分は違って当たり前。同じじゃないことを悲しむ必要はないのよ。克己、己に克て。自分に敗けないことが大切よ」

　周りの子供たちと大きく異なる境遇をそう悲しむこともなく過ごせたのは、祖父母の愛

情があったからこそではあるが、母のこの言葉のお蔭でもあると思う。身勝手で、奔放に生きた母だが、母の教えてくれた「自分は……」は有り難い。これは結構、助けになる。

鶏口牛後

「鶏口と為るも、牛後と為る無かれ」。この言葉を母から聞いたのは、たぶん公立高校受験に失敗した時だ。一校しか受けず、必ず合格すると思い込んでいた私の落胆ぶりは、相当ひどかったのだろう。

　苦手だった地理が欠点で補欠候補に廻されたのは納得したが、その補欠の結果が部活の指導教諭からのわざわざの知らせ「合格」とは打って変わって、発表当日不合格になっていたことには納得がいかなかった。

　確かめれば、地元有力者の子息と入れ替え

られたらしいとのこと。向こう意気の荒い私は母を連れてクラス担任に直談判に行き、寡黙な母をよそにノートを破り「本当は合格していた」との証文を取った。「教育委員会には言わないで」と、拇印を押す担任の手が震えていた。

中学校長からは、受験もしていない私立高校の「校長が引き受けると言っている」とか、受験した公立高校からは「夏休みに編入することを勧められている」などと、説得された。断ると中学浪人か。今であれば理解もできようが、昭和三十九年のこと、恥ずかしくもあれば、意地もある。やり場のない絶望感に打ちのめされ、憤慨した。そんな時の母からの慰めの言葉だったろう。

この言葉は「大きな組織の末端にいるより、小さくてもよいから長となって重んじられるほうが良い」という意味。中国戦国時代の遊説家の蘇秦が、戦いをするか否かを迷っていた韓王に大国に屈してはならないと箴言した故事（『史記』蘇秦列伝）に由来する。

慰めに従ったというわけではないが、結果、私は全く違う私学へと進んだ。確かに、そこでは担任や校長に可愛がられ、楽しく過ごした。もともと能天気だった私は、一時的にしおれた自尊心もすぐに回復。むしろ、余分な自信までついた。

でも、それで良かったのかと時折考えることがある。元来怠け者の私は、牛後の環境のほうが伸びたかも知れない。あっぷあっぷし

ながらも、おぼれまいとして頑張ったかも。努力家でない私には、鶏口の環境は自分を甘やかすだけになったのではないか、と後悔が顔を出す。

「何だかな……」と思案顔をすれば、見かねた夫が口を挟む。「いやあ、お母さんは性格を見て助言したのかも知れないよ。鶏口で良かったんだよ。牛後は務まらないと思う。牛後は、ただ後ろをついて歩くだけだよ」。夫は褒めているのか、けなしているのか。

確かに、鶏の環境だったゆえに今があるのかも知れないが、母は本当に諺通りに思っていたのだろうか。伯父が「親が貧乏なのに大学進学は止めたほうがいい」と諭した時も、母は妹の幼稚園入園を取り止めて進学を許してくれた。諺を引いて励ましたとはいえ、実は不憫に思っていたのかも。

諦めの悪い私に「牛の世界では、異端児としてはじき出されていたかも知れないしね。ところで、本当に鶏口だったの」と、夫は無下な一撃を放つ。

本木に勝る末木なし

「もときにまさるうらきなし」。本木を樹木の幹、末木を梢や枝とし、幹に勝る枝はないという諺。意味は、いくら取り替えてみても最初のものより優れたものはない、というもの。多く男女の関係で使われるらしい。私は、末木は接木のことだと思っていた。

母の話には、よくこの言葉が登場した。二度結婚をしている母の、いわば繰り言として認識していた私は、母らしい解釈だと思っていた。それが、改めて調べた辞典で「男女の関係で」と表現されていることに驚く。

本木に勝る末木なし

母から「本木……」を聞くたびに、実父のことがさぞかし忘れられないのかと理解した。その割に離婚の原因は実父にあると言う母。「人が良過ぎて騙されて、マネージャーにお金を持ち逃げされた。世界に名を成すと大きなことばかり言う。生活ができていたら別れていないのに」と。この矛盾には困惑した。

それにしても、たびたび比較される末木の義父はたまったものではないだろう。義父は初婚だ。義父にとって母は本木。不公平極まりない。義父を気の毒に思ったりもした。

実際、私自身が離婚して前夫ほど、と言っても前夫が特別に凄い人だったわけではないが、それでも前夫ほどの人物を見つけるのがこんなに難しいのかと実感したのは、確かだ。

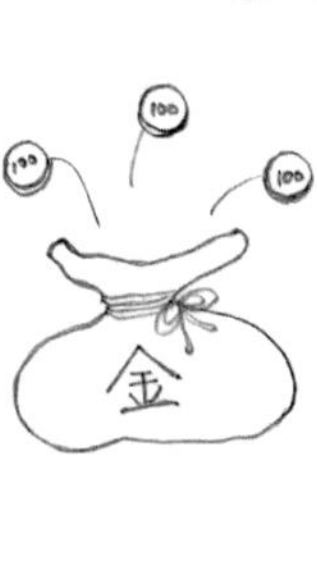

新聞記事の原稿でデスクからの指導は「腐ったネタを何度書き直しても駄目だ。良いものにはならない。いち早く捨て去って、別のネタを捜せ」だった。いつも参考にした。ただ、人生訓として捉えた時には否定せざるを得ないことがしばしばあった。

まず、収入面から捉えて異論が浮かぶ。小学校五年から校内放送に始まり短大まで放送・演劇一筋で来た私は、当然のごとく喋りが本木。もう一つの仕事だった執筆は末木だ。

ところが数年前に「被爆体験記朗読ボランティア」を最後に本木の全てから撤退し、辛うじて続いている末木の執筆は趣味の範疇になった。経済的本流は、末木の末木である貸家の家賃収入へと変遷。末木が本木に取って代わった。

　次に、男と女の観点から。六十三歳で三度目の結婚をして、反論がある。私の場合は一から二、二から三へと、だんだん良くなった。若い頃は見かけ重視の体育会系に惚れた。次に一つの職場に勤め続ける安定感に目が向き、最後は尊敬できるか否かの重要性に気付いた。ともすると、本木か末木かと判断する側の変化にもよるのか、とも思うが。

　母の最期の言葉は「おとうさん（義父）と結婚して良かった」だった。ボケが入って本木を忘れたのか、耳を疑う。それとも……。いずれにしても、母の世界でも末木が本木に勝った。よくぞ母を捨てずに連れ添ってくれた、と末木の義父に感謝する。

よって本木より末木に軍配が上がると言いたいところだが、それはともかく、本木から既に末木に乗り替えた私としては、最期に母と同じ台詞が言いたいものだ。

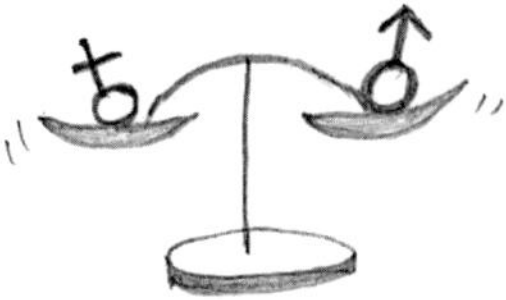

二兎を追う者は一兎をも得ず

「二兎を追う者は一兎をも得ず」は、欲を出して一度に二兎を追いかけると、その一兎さえ得られないという西洋の諺。母から聞いた言葉だが、どんなシーンで何を教えようとして母が言ったのかは思い出せない。

母は、何と何を追ったというのだろうか。そして、どんな後悔をしていたのか。受験も結婚も、思い通りの結果を得ているはず。単に言葉として納得したのだろうか。

「年齢は違うが、若尾文子さんと大映の同期合格だった。お祖父ちゃんが定年退職して直

ぐに貨幣価値が変わった。毎夜、お祖父ちゃんとお祖母ちゃんが今後の暮らし向きのことを小声で話していて、結婚するしかなかった」

　母の言葉を思い出せば、偏見の中で家族に反対された女優の道を捨て結婚を選んだことを後悔していたのか。そうして決めた結婚の中で、私の父であろう人と不倫の中で愛した義父との選択に、これまた迷ったというのか。

　ひょっとすると、母は諺とはうらはらに二兎を追いたかったということか。他界して十年が経つ今、もう確かめられない。

　私に置き換えて言えば、司会業と執筆業で生計を立てていた現役時代に、取材先の女性社長から「あなた、何が本業。どっちが本業か分からないと成功しないわよ」と言われたことがあった。「二兎……」のことだろう。

その頃の私は、夜通し働いた。早朝から取材と打ち合わせ、番組出演に奔走し、夜中に原稿を書いた。土日祝日には披露宴やステージの本番をこなすなど、子供の参観に行けないどころか、食事さえも移動中の車の信号待ちに済ませるほど多忙だった。それでも、二兎を追ったからだろうか、確かに司会業では評価を得たとはいえ、全てに満足できる結果だったとは言えない。後悔も多い。

ただ、中国に行った時だったろう、「二兎……」とは正反対の格言を聞いたことがある。中国古代の器物「鼎」を教訓とする考え方だ。

鼎は三本脚で立つことで安定を得ている。

そのことから、中国では「一家で三つの職業を持つと良い」と言われているそうだ。リスクマネジメント、一つの仕事が駄目になっても残り二つで家計を支える。納得した。

実際、母子家庭で子供を育てていた私は、一家で三つの職業を持てという中国の鼎の教えとは意味は違うが、鼎的生き方が安心をもたらした。今はメガネ姿の女性アナウンサーを見かけるが、当時は老眼鏡を掛けると仕事がもらえないと恐れた。司会業ができなくなったら生活をどうしようかと案ずる中で、複数の仕事は有り難かった。

私の思いの中では執筆が副業だったが、そもそも正規雇用の仕事がなく、正も副もない立場。単純に収入の高さで決めていた正副は

二兎を追う者は一兎をも得ず

ともかく、複数の仕事を通して間違いなく視野は広がった。

諺を否定する気はないが、願わくば一家で鼎の精神を全うしたいものである。それが叶わないならば我が身一つに鼎を背負って二兎を追ってみるのも悪くない気もする。

一度逃げれば一生

逃げ出したいほどの窮地に陥ったことはないだろうか。私は、ある。いくつもある。いくつもある中で最も忘れられないのは、小学校六年の時の小便事件だ。

大人から見れば、どうだろう。取るに足りない程度の問題なのだろうか。当時の私には生きるか死ぬかの大問題だった。事件は、音楽室に移動して行う授業で起きた。トイレに行くタイミングを失ったのが原因だった。

どうしよう。遅刻してでもトイレに行くべきか。我慢するか……判断を迷っている間に、

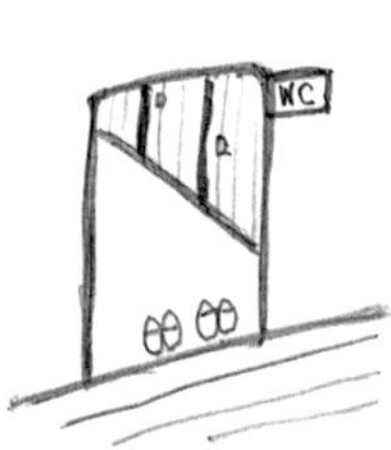

群れの中の私は押されるままに移動を始めた。教室のすぐ前にあったトイレはどんどん遠のく。音楽室の前にトイレはあったろうか……。

トイレはなかった。授業も始まった。我慢の限界を超える尿意は、腹に力を入れた発声練習で爆発した。流れ出た尿は私の足元で膨らんで広がる。「あっ、山根がシッコしとる」。男子の叫びに、私は固まった。

その後どうなったのか、誰が片付けてくれたのか……級友が往復二、三十分かかる自宅に着替えを取りに行ったらしく、黒いブルマー姿の私がホームルームで座っていた。

その夜、一人で悩んだ。明日、行きたくない。休みたい。学校を辞めたい。……思いっきり考えて結論を出した。ここで逃げるのは

楽だが、一度逃げると逃げ癖がつく。逃げないで生きていく、と少々大げさだが一大決心をした。

恐る恐る登校した翌日は、先生のアドバイスがあったのか、前日の事件に触れる者はいなかった。助かった。決断の成果を喜んだ。

逃げるか逃げないか……人生の中で何度も迫られる選択だ。が、最近、逃げることが正解なこともあると考えることがある。学校でいじめに遭っていたら死なないで学校を辞めればいい、転校してもいい。社会人の場合は収入にかかわるので厄介だか、それでも死ぬよりは辞めたほうがいい、と。

ただ、結論の出し方が問題だと思う。なぜならば、人間の思考タイプは二つあると私は

考えるからだ。最初から「これは無理だ」と考える人と、「なんとかならないか」と考える人の二つ。

前者は、冷静な判断ができる人かも知れないが、私は賛同しにくい。後者が好きだ。仕事を一緒にするなら肯定から入る人、否定から入らない人がいい。

私たちが披露宴の司会をする時も、進行表を一目見ただけで無理だと分かるものがある。それでも結論を急がない。必ず一緒に模索する。新郎新婦に納得してもらうという目的もあるが、意外な解決策が見つかることがある。

逃げるか逃げないか、肯定派か否定派か……いずれの選択であっても良い人生になればいい。失敗が笑い飛ばせるほど長く生きて、自分に与えられた寿命を自分で呆れるほど精一杯生きて……そして最期に言おうじゃないか。「哲学者イマヌエル・カントのように「これでよし」と。

四方 康行

ハンサムなシカタ君
つるむことからは何も生まれない
ビールは注《つ》ぐな

ハンサムなシカタ君

小学校五年生か六年生の時、七歳上の兄がひょっこりと学校に来た。何の用事か覚えていないが、強烈に覚えているのは、兄がクラスメートに会った時に「あのハンサムなシカタけー」と言っていたと家に帰ってから聞いたことである。「けー」とは、小学生の時よく使っていた語尾である。

以来、無惨にその自負心が打ち砕かれる日まで、自分はハンサムで男前だと思い込む。ハンサムとは、今風に言えば、イケメンである。男の美醜を表す言葉は、ハンサムと男前

とイケメンとがある。その三つに微妙な違いはあるにせよ、その時の自分は、ハンサムで男前だと思い込んだ。

　イケメンという言葉は、二〇〇〇年頃以降に使われるようになった新語である。私は二〇〇一年に広島県の大学に赴任するまで、その言葉を知らなかった。イケメンという響きから、あまり良い意味ではないと思った。「イケないメン」で、良くない危ない男というのが、自分の勝手な解釈であった。

　そのうち、イケメンという言葉が気になって、研究室の女子学生に聞いた。学生は「イケる（良い）男（メン）や面（メン・顔）ということで、良い意味。例えば、研究室の〇〇君のような人」と説明した。私は、彼がイ

ケメンというのはあまりしっくりこなかったが、理解した。

　実際、イケメンとか美人とか、いったい人間の美醜に基準はあるのだろうか。あったとしても、人によって好みは違うし、そう簡単ではないはず。

　基準を問題にすれば、思い出すことがある。私がまだ学生だった時のことだ。大学院研究室でのゼミ中の雑談と言っていいだろう。研究で行ったヨーロッパから帰ってきた一人の助手の感想である。「スイスに行ったが、なぜかスイス人は皆、背が低いように感じた」と。

　それを聞いた助教授が、冗談交じりに「スイスは標高が高いので、気圧の関係で縮まるのでは」と付け加え、研究室は笑いに包まれた。すると、教授が釘を刺した。「低い高いとは、いったい何のことか、常に比較して言わないとわからない」。さすが、アメリカで長期にわたって研究生活を送った人ゆえの合理的な考え。私は、妙に感心した。

物事には基準や比較が基本にある。大げさにだが価値判断の根本問題が、ここにある。物の評価には絶対的評価と相対的評価があり、比較すべき基準があって成り立つと言えよう。

私の男前の話であるが、三十歳を超えての結婚披露宴で払拭された。「新郎は、このように見かけは決して良くないが、まあ、いぶし銀のような……」。驚きである。最大限に褒めてくれたとはいえ、割り切れない。

還暦を過ぎて再婚した妻によって追い打ちをかけられた。バトルは未だに続いている。私は人を見て、あの人は美人だとかイケメンだとかは決して言わないことにした。人によって基準が異なるからだ。基準は自由だ。

つるむことからは何も生まれない

「つるむことからは何も生まれない」は、格言ではない。が、最初の勤め先の上司である教授から聞かされたもので、なぜか、印象に残っている。おそらく、私もその考え方に同感したのだろう。また、それ以後、その考えに沿って実践してきたと言ってよい。

「つるむ」という言葉は、使い方として、二つある。一つは「動物の雄と雌が交尾する」ということだ。漢字で書くと「交尾む」「孳尾む」「遊牝む」と表される。もう一つは「仲間と一緒に行動する」という意味で、「連

む」と書く。本件は、もちろん後者の意味で言われたことである。後者が、前者から派生した語彙ということで、他人の行動に対して用いるのは、本来失礼に当たるとの説明もある。

良くない意味では、つるんで悪いことをするというのが典型例である。インターネットにより、今は簡単にいろいろと調べられるので便利だ。日本語俗語辞書（http://zokugo-dict.com/18tu/turumu.htm）によると、「つるむとは共犯関係を結ぶという意味で、盗人など犯罪者の隠語として江戸時代から使われた」ようである。一九七〇年代には暴走族が暴走行為をすることを指すようになり、ツッパリグループで悪さをするなど、不良少年の

間で広く「つるむ」が使われるようになった。ここまでは犯罪性の有無は別にして、一緒に悪いことをするという意味で使われた。

一九八〇年代に入ると「悪いことをする」という部分が取れ、単に一緒に何かすることや、一緒にいること自体をつるむと言うようになったようである。

「昭和時代まではある程度の結束や仲良く一緒にいることが前提であったが、平成に入ると単に一緒にいる・とりあえず一緒にいるといった場合にも使われるようになる」と解説されている。私が就職したのが一九八〇年代なので、教授が悪い意味で「つるむ」と言ったのではないことは明らかである。

教授は、国家公務員を終え、政策や行政に

明るいということで大学に勤務するようになった経歴を持つ。就職前の最初の面接で教授から「重厚長大」という評価を受けた。当時は、高度経済成長が終わり、安定成長期の中、良い意味での軽薄短小という言葉がはやっていた。私への印象はそれとはかけ離れていたので、苦心して探した褒め言葉であったのだろう。

また、「つるむことからは何も生まれない」は、私の性格を見越して忠告した言葉であると推察する。お蔭で、人付き合いが悪くても、教育研究職として定年まで勤められたことには感謝しなければならない。そうさせたのは、孤独な仕事を良しとするバックグラウンドがあったからでもある。

そうは言っても、人とのつながりが大切なことは十分わかる。広島への転勤後、とある文化研究会に参加したが、その集まりは地元の有名高校出身者の集まりでもあった。ある意味、うらやましかった。勤務先の事務員が当学校の卒業生と知るや、あろうことか言ってしまった。「その学校よくつるんでますね」。

ビールは注《つ》ぐな

一九八七年一〇月から一九八九年三月まで、一年半ドイツ（旧西ドイツ）に留学した。今から、三十年以上前の話である。海外へは初フライト、念願がかなった。希望に燃えたドイツでの生活は、驚きの連続だった。

まずは、住居である。最初に与えられたゲストハウスの教会の一部屋は一、二か月で出ることになり、シェアルームとシェアハウスが紹介された。

最初に行ったのは、マンション。マンションの一室は広く、いくつかの部屋の一つを個

室としてシェアできる。案内された部屋には女子学生もいた。男女が区別なく住むのはドイツ式かと驚く。楽しいかも知れないが、少々高めだったので断った。次は一軒家のシェア。庭もあり、開放的で家賃も安いので、ここに決めた。五部屋のうちの一室を使った。

ドイツは湿度が高くないのでシャワーで済ますことが多いと聞いてはいたが、その通り風呂はなく共同シャワーのみだ。寝る前のシャワーはうるさいと注意を受けた。みんなは「朝シャン」なんだと知る。

学食は、日本人から見れば全ておかずとデザート。ご飯もパンもない。パンがないのは意外だが、昼は温かい食事が通常で、パンは朝食か夕飯かまたは軽食で冷たい食事として、

チーズやソーセージなどと一緒に食べるのがドイツの食文化である。
たまに米を食べたいと思えば、中華料理店に行った。そこでの米は、パサパサの長粒種。ドイツ人は、味がないので米だけを別には食べられず、丼にして食べる。私はもちろん、ご飯におかずとして食べた。
ビールは、美味しかった。ドイツはビールの国である。日本の製法と違い、麦芽とホップと水と酵母だけから作る純粋令の決まりがある。留学先のミュンヘン工科大学の農業園芸学部には世界最古の醸造所があり、そこでもビールを作っていた。私は、ミュンヘンを中心にしたバイエルン地方でよく飲まれる小麦ビール（ヴァイツェンビア）が好きだ。

ビールについての作法に関しては、大きく日本と違う。大学の研究室の飲み会でのこと。私の隣に研究助手の男性が座った。瓶ビールが配られ、私は気を利かして注《つ》ごうかと彼のビール瓶に手を伸ばした。日本人のマナーである。

　すると、彼は怪訝な顔をして「ナイン、ナイン（ノーノー）、これは自分のだ」と主張した。私は慌てて聞き返した。「ヴァス（なに）、ヴァルム（なぜ）」。彼は「自分のビールは自分で注ぐ、自分が飲むものだから」と。もっともではある。

　最近そのことを妻に話すと、妻もビールではひと悶着あったと吐露する。見合いの席で、「瓶ビールにしますか、ジョッキにしますか」

と聞いた相手に、「ジョッキなら注がなくて済むので、ジョッキにしましょう」と答えて破断になったと言う。

見合い相手は家庭的な人を望んだのか……。もしドイツのような風習が日本にもあったなら、はてさて、私たち夫婦は出会っていただろうか。今の関係はなかったかも知れないと思うと、ドイツでなく日本でよかった、と一人胸をなでおろす。

◆作者プロフィール

やまね よしみ

（本名：四方 芳美　しかた よしみ）

1949年1月1日生まれ

山口県徳山市（現・周南市）出身

尾道市立尾道短期大学（現・尾道市立大学）経済科卒業

中央仏教学院 専修課程卒業

放送大学教養学部 発達と教育専攻卒業

東亜大学大学院総合学術研究科 人間科学専攻修士（人間科学）

秘書検定1級

日本心理学会認定心理士

浄土真宗本願寺派西本願寺僧侶徳応寺衆徒（釋芳宋）

有限会社クリエイティブ・ワイツー代表取締役

合同会社クリエイティブ・ワイツー代表社員

「尾道市民座」所属団員（主演）
広島トヨペットマイカーレディー
NHK 広島放送局嘱託アナウンサー（ラジオ放送担当）
公民館人形講師
公文式算数・数学教室指導者
ロンシャン所属ファッションモデル
中国新聞社・デイリースポーツ広島支社などのリポーター・コラムニスト
RCC ラジオ・HFM・CATV「HICAT」メインキャスター・リポーター・コラムニスト
各種イベント・披露宴司会
『マナー講座』講師
中国広東省「広州体育学院」「湛江海洋大学」山東省「山東紡織職業学院」客座（員）講師

著書
『汗かき恥かき記事をかき』（共著）中国新聞社、1994 年
『悠遊ヘルシーたいむ』中国新聞社、1996 年
『次世代予約販売〈特約付〉』渓水社、2000 年
『新聞の鬼 山根真治郎 ―ジャーナリスト養成の祖「新聞学院」をつくった男―』文芸社、2013 年
『はじめよう営業活動 ―知っ得！ビジネスのマナーと知識―』（共著）風詠社，星雲社、2014 年

『山根家文書 玖珂代官陣屋と町民のくらし』(DVD)(共編)クリエイティブ・ワイツー、2014年
『新聞の鬼 山根真治郎 ―資料集―』(DVD)(共編)クリエイティブ・ワイツー、2015年
『掌小説・随想集　てのひらの愛』(共著)風詠社、星雲社、2019年

四方 康行（しかた やすゆき）

1950年7月14日生まれ

京都府京都市出身

京都大学農学部 農林経済学科卒業

京都大学大学院農学研究科農林経済学専攻 修士課程修了

京都大学大学院農学研究科農林経済学専攻 博士課程単位取得

ドイツ連邦共和国ミュンヘン工科大学農業園芸学部客員研究員、麻布大学獣医学部助教授、広島県立大学生物資源学部教授、県立広島大学生命環境学部教授を経て、現在県立広島大学名誉教授

合同会社しかたやすゆき環境農業不動産経済研究所所長(代表社員)

京都大学博士（農学）

この間、国立農業者大学校、広島県立農業技術大学校、広島修道大学、広島女学院大学、IWAD 環境福祉リハビリ専門学校、大和大学で非常勤講師等を歴任

主要著書

『ヨーロッパの有機農業』（共著）家の光協会、1992 年
『ドイツにおける農業会計の展開』農林統計協会、1996 年
『ドイツにおける農業と環境』（共訳）農文協、1996 年
『変貌する EU 牛肉産業』（共著）日本経済評論社、1999 年
『中山間地域の発展戦略』（編著）農林統計協会、2008 年
『農業経営発展の会計学 ―現代、戦前、海外の経営発展―』（共編著）昭和堂、2012 年
『はじめよう営業活動 ―知っ得！ビジネスのマナーと知識―』（共著）風詠社，星雲社、2014 年
『山根家文書 玖珂代官陣屋と町民のくらし』（DVD）（共編）クリエイティブ・ワイツー、2014 年
『新聞の鬼 山根真治郎 ―資料集―』（DVD）（共編）クリエイティブ・ワイツー、2015 年
『掌小説・随想集　てのひらの愛』（共著）風詠社、星雲社、2019 年

掌編集　てのひらの愛Ⅱ

2021年2月4日　第1刷発行
著　者　やまねよしみ
四方康行
発行人　大杉　剛
発行所　株式会社 風詠社
〒553-0001　大阪市福島区海老江5-2-2
大拓ビル5 - 7階
TEL 06（6136）8657　http://fueisha.com/
発売元　株式会社 星雲社
（共同出版社・流通責任出版社）
〒112-0005　東京都文京区水道1-3-30
TEL 03（3868）3275
装幀　2DAY
印刷・製本　小野高速印刷株式会社

ISBN978-4-434-28624-7 C0095